デカンの風がやむとき

須田覚
Suda Satoshi

ユニヴェール21
書肆侃侃房

デカンの風がやむとき＊目次

I　インド脱出、そして不確かな記憶

II　カルナタカ州へ再々赴任、そしてデカンの風がやむとき

III　帰国から令和六年元旦まで

The cover art was drawn by Neha Durgadsimi.

Ⅰ　インド脱出とあいまいな記憶

インド脱出

欲しいのは乳房だろうか全土封鎖（ロックダウン）十二日目に現れた夢

目に見えぬものに追われて夕暮れの西ベンガルに息をひそめる

剝製のベンガル虎は痩せていて誰のせいでもない恋心

狭いけどもう少しだけ我慢するおそらくここはノアの方舟

西風がささやいたのか（evacuate）ダッシユッシナキヤだっしゅつしなきゃ

＊

健康を証明せねば空港に入れてもらえぬ、医者はいるのか

病院の廊下は暗く痩せこけた人や野良犬静かに眠る

ドクターと名乗る男が血圧を測る白衣も着てない男

病院に長居をすれば「新型」でないウイルスに侵されそうだ

जापान（ジャーパーン）へ心は向かう絶対の安心なんて無いのだけれど

小型機の給油がまだまだ終わらない、バスのなかからぼんやりと、、、チャロ！

注）「チャロ！」はヒンディー語で、この場合「さあ、行こう！」の意味。

記録としての小文（1）

　２０２０年4月インドは全土封鎖（ロックダウン）下にあった。その中で日本の本社から我々駐在員へ安全確保のため帰国指示が出された。西ベンガル州カラグプル十一名、カルナタカ州フブリ二名のインド脱出が私の使命であった。最終的にバンガロール発便を選択することになった。奇しくも日航のバンガロール就航便が我々のCOVID脱出便となったのである。

　その後は数か月の日本滞在、インド再赴任、再脱出、日本での強制隔離生活、再々赴任と同時にカラグプルからフブリへの引っ越しなどを経験した。その結果、時系列的な記憶はあいまいで、不確かなものになってしまった。

数か月の日本滞在

不確かな記憶の連なり

テレワーク会議しながらネコをなでる社長はたぶん虎を撫でてる

田園の光に浸る夏の日は Tsukuba（ツクバ） / Novara（ノヴァーラ） / West Bengal（ウエストベンガル）

フロイトの肛門愛を否定して大地に植える葡萄の苗を

「しっかりと働きたい人お断り」ひだまりカフェの求人ビラに

夢のなかに昨日のことは置いてきた春キャベツからあふれだす水

食べられぬドーナツの穴、ドーナツを食べれば穴はなくなっていて

*

揺れながら死者の言葉を受信する僕の頭はラジオのようで

あの夏に触れられぬまま遠ざかる乳房は白い光に満ちて

変速機（ミッション）のドレン開ければどくどくとのたうちまわる黒いオイルは

*

容赦なく何度も挑戦者の顎を砕いてみせるスーパースロー

的確な軌道、スピード、タイミング拳にとって必要なもの

波を打つ脳（なずき）マットへ落ちる膝箸に掬えぬ朧豆腐は

レフェリーは命を守る気絶した男のマウスピースを取りだして

*

少年の／射撃訓練／森の中／丸太を渡る／無邪気な少女

母走る／雨／そしる同僚／ガラスのなか／輪転機は止まらない

欲望は尽きることなくソラリスの部屋はたちまち人で溢れる

フラメンコを踊る娘を平手打ち氷のような平和のなかで

＊

ソリスタが歌い終われば「Bravissima!(ブラヴィッスィマ)」明るい月が昇りはじめる

僕の手をたよる手をひき街へゆく「parsley, sage, rosemary and thyme(パスリ セージ ロズメーリー アン ターイム)」

*

子蜘蛛飛べ上昇気流を身にまとい白く輝く糸たずさえて

迷いなく白い日差しはふりそそぐ骨盤たちの闊歩する夏

風が吹き鯨が泳ぐだけの星きみの言葉をぜんぶ集める

星の上澄み

水差しの静けさだけを受け入れて僕は光とひとつになった

てのひらに僕の頭は支えられ喉にふくらむ粥の甘さは

口紅は石油由来の成分もキミトハジメテキスシタッキヨ

君のなか眠るハープに触れようと言葉を探す雨の一日（ひとひ）に
融け落ちたはずのピアノが響く朝この身に残る炎を探す
唇を二回合わせる地図（map）という小さき単語を生きた証に

血痕のように塗料は広がって「シンナー（thinner）」そう舌を噛みながら

上顎に舌を突き立て息を吐き唇（lip）かさねるふわりとふれる

若きに割られた貝を抱えつつ città aperta（チッタ アペルタ）開かれたまま

注）「Roma città aperta」はR・ロッセリーニ監督「無防備都市」の原題。

インド再赴任と短い滞在

群青色の祭

野良犬の垂らす唾液は春の日の狂犬病（ハイドロフォビア）格子の中で

舌の上ころがる風を巻き込んでクルトゥクルトゥとベンガルの唄

ギリッシュ、ギリッシュ、ギリッシュ、「ヰ」のように黒の絵の具に小石を混ぜて

ダーバラ、ダーバラ、ダーバラと行き交う、声も目もない闇夜の獣
シダール、シダール、シダールだんだんと集まってくる焚火の方へ
ピアノのように待っている、誰か来て、調律をして、和音を弾いて

フレッシュな僕の死体を鉈で裂き鳥に捧げる祭のようだ

コルカタ

引き上げる／力／空まで／ベルヌーイ／よく／ふるえても／セント・エルモの
ここは終点／いや始点／コルカタの／呻き／闇夜の／小さな悲鳴
雨のなか／愛しつづける／産み落とせ／赤いスイカを／苦いスイカを

カオスならば／色と臭（にお）いの／音と痛みの／人と獣の／違いはと

こすられ／手／油／砂／ずらぞらざらと／肌が／心が／時が／けずられ

薄暗い箱に／眠る／痛みか／臭いは／暴力か／熱は／光が

まどろみか／夢のまま／開く目は／まともか／妄りに／力みなぎるも

緑／赤／黒の／舌触り／痺れ／痛み／はあ息を／吐き出せばもう

やすらぎ／スパイス／インセンス／界（さかい）なき／空へ／時へ／溶け込み／ともに

／の恐れ卍闇／が動く卍何／が呼吸する卍誰／の命卍むき出し／乾き

もうろうと

みにむにむ
てのひらひらを
おもうもう
すとおんおんと
おんおいるいる

みつめつめ
ふらひとみとみ
くろすろす
すまいるいます
かさなはとはと

はくのくの
うてひろけたけ
たきしめし
あたたかきかき
ことうとくとく

ちふさふさ
にふるふるさと
しゃふるふる
したさしたさき
ねふるふるさと

からむらむ
したのねのねた
すうらうら
うらむらむらと
おもはかりかり

はんとんと
ゆきさきさきの
しろきろき
とひたせはせは
なゆるゆるさき

もとむとむ
まにまねまねの
わたしたし
なかくいちすの
らふあれはれは

とうししゃしゃ
しんらいんらん
たひとひと
ちさきことはは
たしかしかかし

とももまた
またなからんと
ひかしのち
はんくらてぃしゅの
そのひかしかし

おくりくり
しゃしんしゃしぬし
めくりくり
しせんにあわわ
つれられたれた

インド再脱出と日本での強制隔離

羽田に到着

空港の検査ブースで焦っても唾液が出ない乾いた体

「陰性」の列へと並ぶ入学式の新中学生のように

「列のままバスへ向かいます」先導の歩きが早いついていけない

検疫の犬が荷物に吠えている「肉かフルーツ、中にあります？」

強制隔離のホテルに移動

部屋に入りすぐにWi-Fi確認しリモート会議は平気な顔で

部屋からは出てはいけない弁当がノブに届けば放送がある

風呂トイレ込みで六畳だけの部屋我慢できるか三日の間

道端で火葬している映像が繰り返される「これがインド」と

ベッドから見下ろす両国国技館令和三年夏場所らしい

一旦は羽田空港に戻される、そしてつくばのホテルに向かう

今日から十一日間の自主隔離妻が歌集と「未来」を持ち来る

隔離部屋窓を開ければ流れ込むまやまやまやと日本である

現在地を「MySOS」で監視されビデオ通話も強制される

注）「MySOS」は厚労省指定のアプリ。その機能を使用し、帰国後二週間は健康状態や位置情報等の報告義務があった。

ひっそりと弁当を買う周りとの距離を保って言葉少なく

短い日本滞在

やわらかく小さな命だったころ母の満たした無尽の時間

向日葵の咲かない夏に埋もれて震えはじめた少年の息

蝶の翅を半分ちぎり「君はまだ飛べるだろう」と明るい声が

花柄のキリンに乗って旅をする刃物のような光のなかを

深緑の闇の中より引き寄せたタオルケットの獣めく夜半

＊

ぎざぎざのメッセージだけ取り込んだ僕は細胞（セル）から騙されたくて

ふぁしふぁしと耳なし猫を撫でている流れぬ時間が今だけはある

何者にでも成れる息子は胸を張り自己啓発や起業セミナーへ

日本を西へと向かう千二百キロつくば袋井名古屋長崎

今切(いまぎれ)は湖(うみ)と海とのせめぎあい水にカルマがあるかのように

釣り人に言葉は要らず底の無い意識の海に糸を垂らして

怪獣は目を覚ますのか味噌カツに揺さぶられてるアンガジュマンが

「タケノコ」と叫ぶ母の日施設では流動食に決められていて

我が父が立とうとすればこの星の重力を知る脚の筋肉

譫妄(せんもう)のあらわれ父の脳内はファドの調べが響くばかりで

注）「ファド」は十九世紀初頭にリスボンで生まれた音楽。ポルトガル語で「宿命」を意味する。

黄緑のスカーフを巻きＣＡは春をソラシドレミファと昇る

死者はみな緑となりて戻り来（き）ぬレクイエムそと春風のなか

II　カルナタカ州へ再々赴任、そしてデカンの風がやむとき

デカンの風（六月）

薄皮の空より垂れる雨のなか芒果(マンゴー)熟れる印度六月

厳かな引越しであるぐっすりと眠る親子を荷台に載せて

あこがれは控えておこう牛の牽く荷台の風は纏わぬままに

じゅじゅじゅじゅとオートリクシャー迫り来る右手の五十ルピーを目当てに

前にしか行けないオートリクシャーがしょわしょわしょわと夕風を呑む

暮紛れ知らない場所に立ってみる風の香りを楽しみながら

湖の向こうに見える電波塔とどくでしょうかトンットーツー

千本のビールを開けたしゅぼぼぼん真白き泡に羽虫は浮かぶ

ディスタンス保ちつづける戦いに「捕まえてみろ」逃げる鬼たち

鬼たちが僕の体にのしかかる息ができないかばでぃかばでぃ
キャンドルがこの世の闇を消すという民の祈りの一つとなって

デカンの風（七月）

空港に揺れる国旗はゆうゆうとデカンの風を手繰り寄せつつ

七〇を一五〇だと凄まれて一〇〇投げつけたオートリクシャーに

物乞いの抱いた乳飲み子ほんものか人形なのか澄みきった空

生きるため働いている老木の葉緑体は光を浴びて

破裂したスペアタイヤを積んだまま長い旅路はまだまだ続く

地に落ちた蜻蛉（とんぼ）の動く小刻みに蟻には蟻の歩幅があって

塵のごと刻まれてゆく肉体は蟻の数だけ塚の中へと

赤蟻は炎のようにまといつく卒塔婆のない塚は並んで

蛮行の白い煙は拡がってお悔やみ（コンドレンス）が私に届く

手を握り「インドの友を失った、シンゾーアベに祈りを捧ぐ」

COVID +ve

たんたんと静かに表を埋めてゆく四年をかけた反逆資料

膝詰めで資料作りを三時間、君が発熱していたとはね

同僚のやつもあいつも発熱し出張者まで、あれれ僕もだ

肉体をあのvirus（ヴァイルス）に奪われて僕とはたぶん呼吸と意識

働けば高カロリーが失われ（かんぴょうになる）電話五分で

？プレゼンの準備？月詠？あんそーおん？？？目を開けたまま今しか見えず

発熱者皆が三日で完治した僕の体はとり残されて

だるさが抜けないと言ってふり返る今日は十時間働いていた

咳き込んでうずくまってる「怪物」のボディーブローを受けたみたいに

「+ve」はポジティブと読む普段なら陽気なはずが困った顔で

アユーダ・プジャ

注）「アユーダ・プジャ」は南インドの祭。機械設備や自動車等に感謝の祈りを捧げる。

工場の倉庫に入ればオレンジの布をしずかに首に巻かれる

幾何模様（ランゴリ）を描く指先潔くデカンの風はしばし止みたり

線香の強い香りに負けぬよう裸足で歩く壇へと向かい

祭壇に祈りの歌は重なってプジャは清しき響胴となる

灯された炎に託す祈りあり床に叩きつけ砕くヤシの実

一息に水を吐き出しヤシの実は僕の半身をびしょ濡れにする

燭台に灯された火の近づけば手を差し伸ばすていねいに二度

炎へとかざした両手は神聖か額（ぬか）に触れれば少し微笑む

巨釜（おおがま）に焚かれた米を皆が食う、もっと喰えよと皿に盛られる

筐体にすぎぬ肉体うすももの魂だけを守り続けて

柿渋色の大地に

秋の来ぬ九月を四度生き抜いた柿渋色の大地に立って

豆莢の裂けて飛び立つ白いハネくるりくるりと種を運んで

日に透けた桃の産毛を愛でながら星を傷つけ歩く僕たち

ゆるぎなく河がそこには横たわり空のルドンがみつめていたり

人のない星と一つになりたくて河へと入るじゅぼんじゅぼんと

荷台よりふわりと降りるしなやかさサリーの包む風のひとひら

黒煙を吐き出しバスは過ぎてゆくかの戦争は終わらぬままに

悠々と草を食む牛／しらじらと霊柩車より覗く足裏は

文字列のような夜景が瞬いて飲まれていった星の雲へと

人類が見ている夜空はヴァーチャルで我が社がすべて映しています
だっしゃんと回路遮断機が作動するさみどり色のランプは消えた
日の果ての床（とこ）に手足はまるまって、わはねとなりてめはぬとなりぬ

西ベンガルへの旅　1

こぼれでた乳房をかくすこともなく脈を与える黒い瞳に

瘡（きず）のごと赤みの消えぬ西の空額のニキビを指に触れつつ

暑き夜青いサリーに導かれ八角形の月を見上げる

じょびじょびと水飲みの音（たしかなる）ベンガル虎は大きな猫で

ぴ□らと光の行進／ファンはかっかっ・と鳴きつづけ／夜通しの箱

ほどかれてようやくたどりつくあさにめんかをつむぐことんことんと

お気に入りの靴を磨いて朝日へと踏み出してゆくしゃきらしゃきらと

鳥たちは生まれたままに鍛えられやがて羽ばたく刃のように

機内では午後の眠気に抗ってずうざどぅうざと言葉を探す

テイクオフ僕の体は霧になり意識の粒に紛れて消える

西ベンガルへの旅　2

雨の日の河原に人を焼くほどの強い心を持てないままに

河底に崩れて眠る文明の戦を辿る水面（みなも）の煙

コルカタの夜、ピアノコンサートへ

白鍵は液状化するノクターンの休符に指は風を静めて

体臭と呼吸が重くのしかかるコルカタの夜の満員のバス
憐憫をビジネスとする人のいてコルカタの夜は深まるばかり
天空の闇に輝く蒼白い瞳が僕を導くように

ふぉふぉふぉふぉふぉん犬の鳴き声フォルティシモ闇に呑まれることを畏れて

野良犬が中央分離帯（ミディエン・バリア）を飛び越えたキョウキばかりの知らぬ世界へ

残飯のピーナッツだけを食い漁る獣が廊下に潜んでいたか

からっぽの四角い場所で水を飲む円い笑顔が通り過ぎてく

西ベンガルへの旅　3

近藤芳美歌集『埃吹く街』を読む

コルカタへ向かう機内に古本の懐かしき香のしばし漂う

排土機に押しつぶされたうすがみはあの青年が剝いだガリ版

排土機の砂利に傾き眠るころ青年芳美の図面引く音

おそらくは一角法の人だろう、三角法の僕はつぶやく

コルカタは曇り空だった

この世から消えてなくなることはなく犬や草木と一つになれる

コルカタのすべてに神が住んでいる鉄の門扉の曲線にまで

自動車の窓から見えたゴミ山に生きる子供の褐色の脚

僕が見たすべてがみんなコルカタですべてを君に伝えたいのに

祭りとか観光地とか行かないで感じていたい町の呼吸を

R. タゴールの声

ひさかたの　じょる・ぽれ、ぱた・のれ　少年よ　雨・降ってきた、葉っぱ・動いた

駐在の終わりに

紛争がここで起きても自衛隊（ニッポン）は助けに来ない、ただ目を閉じる

守るべき家族はあれど愛国という言葉を失くして僕らは

（炎上の熱をこっそり回収し）原発ひとつ減らしてみます

帰任準備

「おやすみ」がベンガル湾を渡るころ夕日が沈むアラビア海へ

標本のように集めた横顔を記憶の壁に埋め込んでゆく

正直な少年だった透明なペットボトルをぐしゃと潰した

夜明け前本社承認（スタンプラリー）を終わらせるリモート会議を五時に始めて

剃り跡にそろりと触れてここからは先へ行けないことに気がつく

後任を紹介すれば潮が引く We のなかから僕が外れる

来た道もゆくべき場所も失って椎弓(ついきゅう)を這うデカンの風は

飽きるまで舌をからめるその果ての凪に浮かんだ小さなボート

午前二時発光体に乗せられてジムノペディをえんえんと聴く

記録としての小文（2）

インド国内で2回の引っ越しを経験した。住んだのは、（短い期間だったが）ジャールカンド州ジャムシェドプル、西ベンガル州カラグプル、そしてカルナタカ州フブリ・ダルワッドの3か所。それぞれに会社の工場があったのだ。主にこの3都市を行き来し、工場管理を遂行するというのが、私のインド駐在生活だった。そして、その隙間で歌を詠んだ。

2023年2月の帰国をもって、私は足かけ5年のインド駐在を終了した。本名の私は、そろそろ日本に帰りたいと考えていた。その一方で須田覚はインドをもっと深く味わいたい、という気持ちであった。

Ⅲ　帰国から令和六年元旦まで

帰任して　1

自動巻き時計の眠りほどく朝ととんととんと蘇生のように

静けさと呼吸が重くのしかかるどぅとぅんどぅとぅんと朝の日比谷線

レプリカの心臓一つ埋め込んで待ちつづけてるキューピッドの矢を

チューニング合わぬラジオが唸ってる僕の頭に内蔵された

抑揚に電子訛りをまだ残し「コンプラ花子」はしゃべりつづける

さみどりの戦車が街に現れてスーツ姿の僕は乗り込む

飛び散った朝の真っ赤な蕃茄（ポモドーロ）しわ無き空にシミは拡がり

地滑りを起こす分厚いカツサンド愛されながら毀れてしまう

絨毛のならんだ空におおわれて前へと進む切り裂けぬまま

カーソルを右にずらせばはろばろと手の届かない未来は白く
ほどかれたけいとのようなせいかつをあみなおしたいにほんのぼうで

帰任して　2

白黒のあさま山荘崩れゆく昭和の赤はサルビアの赤

母の声だった、だろうか／見てごらん、光のつくる断絶だよ／と

ほうじ茶といっしょに思い出をこぼし空と会話をはじめる老婆

箱のなか天井がまだしゃべってるバスの電車のエレベーターの

青空は硝子の向こう／反射した見知らぬ男　壊れはじめる

吊り革に奇妙な蔓がからみつき耳をかすめるビリー・ホリデイ

いらいらと便利ばかりをつくる国夕空なんて誰も見てない

水脈を辿って生きたその果てに流木として焚かれるならば

もう風は読めないのかとモモンガの空気力学ひもといてみる

ぬらぬらと風がゆるんで（水面に落とした絵の具）空が咲いたよ

インドより奇妙な　1

青信号が僕を待っていてくれて海へと向かうドッペルゲンガーは

（シャッター音）空の大きな場所があり今日からそこをカワと呼ぶんだ

上野駅を見下ろすように黒い石、ぼつ、ぼつ、ぼつと墓石は立ってて

ぼくはもう傘を持たない　雨宿り、あまやどり、って、、ずぶ濡れのまま
どうしてもいきたいならばくるぶしをつかっていきな、狂った春に
喉元の錆びたナイフはゆるみゆくロルカの吹いた緑の風に

そっとCueくれればきっと君のこと見つけられそう日暮れの前に
天国はロフトにあって僕たちは死後に梯子を昇る算段

インドより奇妙な　2

うっすらと寝汗をまとい目を覚ますヘラジカらしく生きてみようか

6でない耳の穴へとぬるき風吹き込まれれば刃を失くす

地を掘れば朱く湿った土くれがぬらぬら光る臓腑のように

半ドアのカラスの羽が固まって近づいてゆく道の骸へ

撒菱のように散りゆくヤマボウシ放置自転車のタイヤは破れて

ぶるぶると内ポケットのファントムが知らせてくれるいまだいまだと

雨のなか立つ鉄塔に恋をする送電線を摑んで僕は

ランダムに再生される（走馬灯）それだけだろう人の証は

インドより奇妙な　3

かみのくによふけのぼくはまきとられいかいへつづくしもうさのくに
ぬめらかに艶めく髪に俯いてつま先だけを見つめていたり
宿世には火熨斗を使う妻がいた死装束の白い光が

朝霧にとけゆく君の白い背調べを失くす僕の鼓動は
あとずさりしながら向かう未来へと遠い光の影を辿って
ポール・ヴァレリーの影
銀色の雨に打たれて（さけんだの？）だんみうんばあちょ（きみのこえかな？）

立ち止まる場所は決まってないけれどときどき河に向かおうとする

いつの日か白んだ肌にかわりゆく僕の傍にも河は流れて

父の死に

帰任して電話をすれば父の言う「よかった、よかった、よかった」とだけ

しりもちで骨折のあと危篤とはえんもゆかりもゴエンセイハイエン

きつかとは幾度も言えどさびしかとは一度も言わず父は逝きたり

生臭い息を吐く者前を見てずぶ濡れのまま河へと向かう

納棺師が洗髪の手をふと止める父の言葉を読み取るように

聖職者に導かれ冷たき部屋へピアノの翼は広がったまま

瑕疵なき大腿骨頭の球面に惑う僕らの目玉二十個は
あたたかい頭の骨を運ぶ箸くずしてしまったのは僕でした
骨壷に納まりきれずどこへゆく残ったあばら、脛の骨など

うぉんうぉんと泣くこともなき恩知らず僕の前には骨だけ残る

残された骨ほねホネ honesty 正直な一角獣だった

後付けの神話を辿る旅ばかり constellation（星の配置）を心に刻み

どの神が許すだろうか、父の死を遠くから見る冷めた心を
西雲は異界のように輝いて天竺の香を僕に届ける

令和五年夏

（水たまりが乾き切るまえ駆け足で市民プールへ泳ぎに行こう）

放たれた素焼きの皿を掴もうといびつな雲は広がってゆく

畳まれてまた畳まれて呑み込まれ、駆動モーターの唸り音、ぅぉん

カンセイヲキュウブレーキガカシカシテ僕らは少し今を失くした
魔女だったワイフが鼻を動かして街にあふれたサマンサ・タバサ
関東ローム層に埋もれゆくジャガー一台、美しい波だった

抑制の効かぬ欲望かたどってＡＩ笑う偶像の影に

アモルフな境界

アモルフな境界をふらふら探すしちごしちごの韻律あたり

経由地のつもりであった唇にとどまる、夕立のせいにして

十六分音符のような耳ひだに届いているね「泥棒かささぎ」

ダイヤルのRを廻し（彼の死を誰が弔う）ラーメン食べたい

町のなか空き地が増えるそこここに閉じることなき死者の口蓋

蔵のなか蜘蛛の巣纏いマドロスはアドリア海の夕焼けを見る

つかの間の積み木遊びのようだったついにロゴスは現れなくて

御堂筋

天を割く大阪真ん中御堂筋（middle）山芋入りのお好みふわり

へしこより口に広がる糠の香を「梵」に流せば新たな僕が

大皿の栄螺（さざえ）を串に引き抜いた僕の目玉は海を孕んで

志ん朝の「夢金」聴けば現われる紺ねず色のヴェニスの運河
夜空を舞うゆるやかな点滅光どこからきたかどこへゆくのか
ウィスキーの底に眠ったキーワードを読み解いてゆく氷の時間

やわらかな真夜の雷（いかずち）（いちどだけ）ゆるしてくれた青闇のなかで

VUCA の時代

人の言うVUCA の時代といつまでもサイズの合わぬ上着のように

イデオロギーは無けれど群れて鳥の啼くざいむひざいむさすてなぼーと

密室を支配するのは白い綿息ができない次の駅まで

ぬかるんだ坂に四つん這いでもがく目的なんてとうに忘れて

月へゆく夢の代わりに手に入れた干し椎茸のようなタフネス

帰宅する螺旋でできた世界から -lalab-lalab- と坂を下って

この熱のおさまればまた生まれ来る深成岩と変成岩は

秋の夜の冷たさに触れ鼻腔とはいつも香りを待つ祠だと

現象（フェノメノ）の誤差（エローレ）ばかり掬いとり楽しんでみて詩にもしてみて

日本を生きる

まっしろな朝日に読めぬバーコード救世主とは影を生む者

すり減ったメートル原器磨いてる眠れないまま革命家たちは

一本のポークビッツを咀嚼するケジメだなんて野蛮だったね

くろがねのウィンチェスターM1200聖人の名は穢されたまま

犯人の小指を噛んでやりました二度とショパンが弾けないように

牛の牽く荷車の音かたことと（ちかづいてきた）次は新橋

髭を蒸すタオルが僕を連れてゆくサマルカンドの青い夜まで

ぬか床に胡瓜を探す指先に（何かが触れた）夜のガンガー

ニルギリの薫りは遙か霧のなか葉先を渡る君の薬指(やくし)は

死に向かう獣であれば他者はみな美しくわが身のみ醜く

時の継ぎ目に

バンスリの聴こえたような恐らくはイオンモールの駐車場から
マンションのエレベーターにたどり着きボタンダウンのボタンを外す
なまぬるいスコールを浴びガンガーへ身を投げ出した一日の終わりに

今日もまた藪を歩いてきたらしいバスタブのなかしみるすり傷

昆虫と緑ばかりの寝室に振り上げられたナイフの気配

若き日のフーリエ級数忘れ去り陰嚢(ふぐり)ふるえるノイズのなかで

休符からはじまる■ぱー■ぱっぱー■■ぱー■ぱー■ぱっぱ■ぱー

あいまいなみいまいせるふたよりたいごっほのあかいりんかくせんに

しょうがつのさんだんじゅうにねむるかもひえびえじびえじゃびぃとじゃぽん

＊

春暖の不正アクセスほの昏き痛み覚える ano 粘膜は

届くのは言葉ではなく震えだけ骨髄という朱き隧道

「死ぬ」という動詞が若さを連れてくる僕らまだ too young to die

あとがき

インド特にカラグプルでは、漠然とした諦念に包まれ生活していた。まともな病院まで車で約3時間かかるのだから・・・ある部分では執着を捨て、一種の安らぎさえ覚えていた。
そんな状況がコロナ禍により一変した。その様は「インド脱出」「インド再脱出と日本での強制隔離」などの歌に現れ、「記録としての小文（1）」としても記した。しかし実際には、そこに書かれていない数多くの出来事があった。インドはロックダウン下であり、日本も厳戒態勢であった。国内移動や出入国の度に現実的手続きが山のように課せられ、その手続きは時とともに変化し煩雑になっていった。

今思えば、そんなタフな経験を繰り返し「記憶はあいまいで、不確かなものになってしまった」だけではなく、心は現実と観念の間を、また意識と無意識の間を自ずと旅するようになった。さらに、私の中で言葉は時に分断され、時に溶解し、音は崩れ、意味を失くしていった。それは細密な水彩画を湖に何度も落とし、くりかえし両手で引き上げるようなものだった。描かれていた概念の連関は崩れ、世界の輪郭が失われた。「コルカタ」や「もうろうと」の一連は、そんな旅の産物であったのだろう。

帰任した私は、まるでデ・キリコが「谷間の家具」の中に描いた肘掛け椅子であった。それでもすぐに現実の仕事は始まった。しかしまた一方で、若き日の混然とした記憶や異国の不可思議な風景に突然襲われるのであった。そして二か月ほど経って、父が亡くなった。さらにその後一年以上が経っているが、今でも私は青空の下に置かれた肘掛け椅子のままである。

今回も第一歌集同様、書肆侃侃房の田島安江さん、池田雪さん、黒木留実さん、藤田瞳さんにお世話になった。師である加藤治郎さんの帯文には、最強の理解者であることを再確認させていただいた。表紙の「魔除ガネーシャ」は、当時同僚だったネハさんが、ダブリン留学へ旅立つ際に贈ってくださった。皆様に改めて、お礼を申し上げる。

二〇二四年九月　つくばの自宅にて　須田覚

■著者略歴

須田覚（すだ・さとし）

1965年：長崎市生まれ
1996年～2000年：イタリア駐在
2018年～2023年：インド駐在
2020年7月：第一歌集『西ベンガルの月』刊行
現在：会社役員、未来短歌会会員、つくば市在住

ユニヴェール21

デカンの風がやむとき

二〇二四年九月二十七日　第一刷発行

著　者　須田覚
発行者　池田雪
発行所　株式会社 書肆侃侃房（しょしかんかんぼう）
〒八一〇-〇〇四一
福岡市中央区大名二-八-十八-五〇一
TEL：〇九二-七三五-二八〇二
FAX：〇九二-七三五-二七九二
http://www.kankanbou.com　info@kankanbou.com

編　集　田島安江
装　幀　藤田瞳
DTP　黒木留実
印刷・製本　亜細亜印刷株式会社

ISBN978-4-86385-640-0　C0092